王泉根

我的童年是游戏

著

湖南少年儿童出版社 · 长沙

目 录

一、捉了苍蝇喂蚂蚁　003

二、"踢脚班班"唱儿歌　017

三、"朝官巡美""打茄麦"　037

四、筑好水坝盖房子　047

五、大力士习武演戏文 057

六、弄堂里射纸箭 073

七、永远玩不够的飞牌头 079

八、打弹子玩冒子枪 093

九、玩梭哈:一夜长大 109

我的童年是游戏

　　我是在浙东曹娥江边的一个小镇、东汉哲学家王充的故乡——章镇出生长大的。在我儿时的学校生活中，除了读书，还有永远玩不完的游戏，最使童年欣然的是，大人与老师从来不会"横加干涉"。小时候的游戏完全是孩子们自己的天地，有一套孩子们自己的"游戏规则"，游戏方式随年岁增大逐步转变。

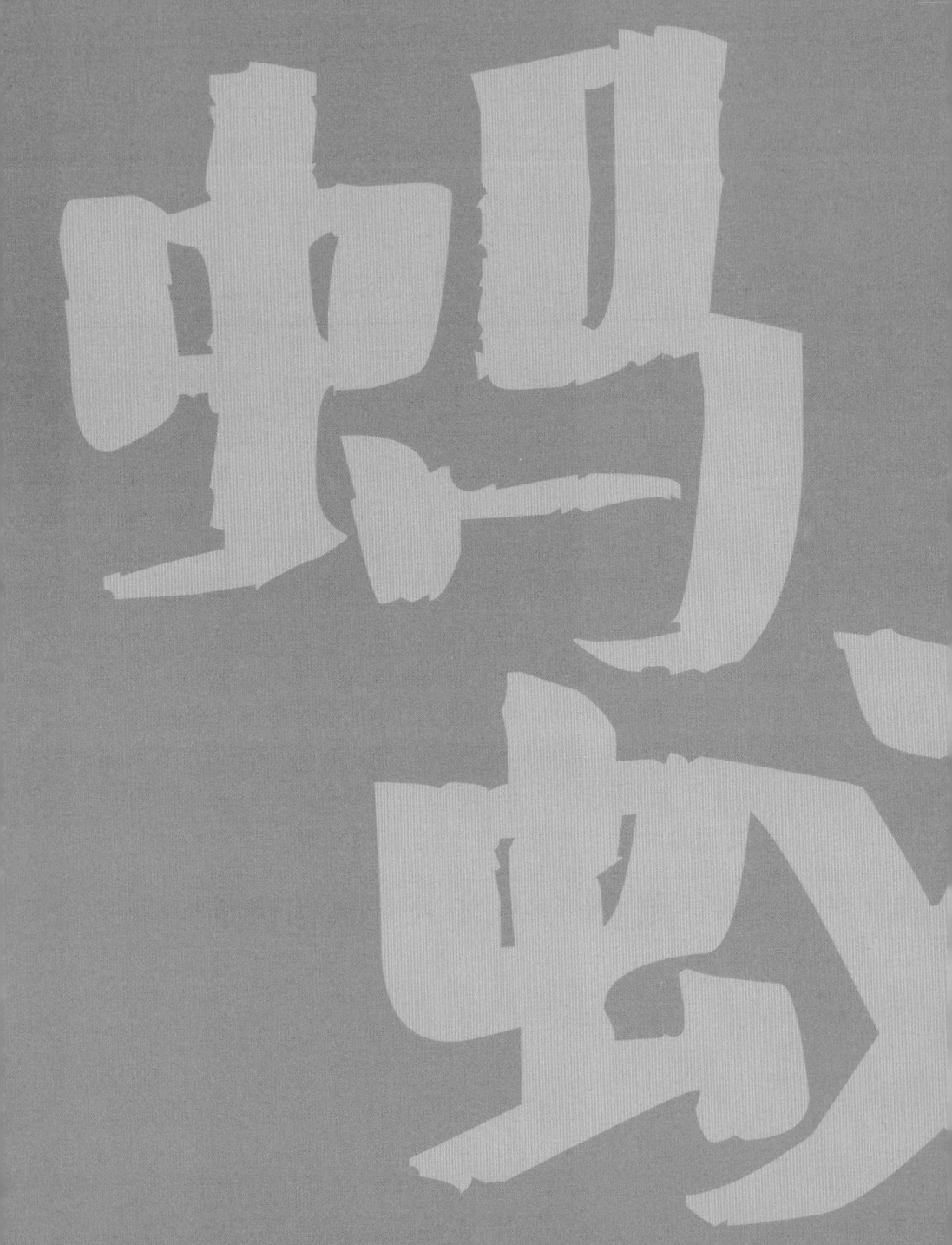

一、捉了苍蝇喂蚂蚁

我的童年是游戏

那年代，几乎全中国的乡镇小朋友都玩过一种游戏"捉了苍蝇喂蚂蚁"——往往是三五个小朋友一起，将打死的苍蝇摆放在蚂蚁进出的墙脚洞口，或蚂蚁经过的路上，待蚂蚁来搬运。先是有一只蚂蚁发现了收获，于是兴冲冲进洞去通报。过不多久，就有一只大头蚂蚁带着众将官一个跟一个浩浩荡荡排着整齐的队伍开将过来，一到现场，拉的拉，推的推，场面分外热闹，将胜利成果搬运回去。临走前，常常会有三五只蚂蚁再在现场四周巡视一番，看有没有遗漏的收获。我们十分敬服蚂蚁们有如此严密的分工与步调一致的统一行动。

我们有时故意在相距不远的地方再摆上一只苍蝇，于是侦察兵大喜，赶紧前去追赶队伍，那蚂蚁队伍立马兵分二路，一路继续搬运，另一路

掉过头来随侦察兵急匆匆再去搬运新的成果。于是，我们一边瞪大眼睛看蚂蚁搬食，一边抑扬顿挫地唱着儿歌：

焦螺蚁婆婆喂，桥头有块精猪肉哇，砧板薄刀带得来，草杠柴绳背得来，蓑衣笠帽穿得来，前门后门关得来，拨侬拖拖起，拨侬扛扛起。

这种游戏，在我们绍兴诸县一带可谓"古已有之"。读初中时，语文课本选有鲁迅先生的散文《从百草园到三味书屋》，里面竟有这样一段描写："三味书屋后面也有一个园，虽然小，但在那里也可以爬上花坛去折腊梅花，在地上或桂花树上寻蝉蜕，最好的工作是捉了苍蝇喂蚂蚁，静悄悄地没有声音。"

当我读到这一段，心里真是止不住的欢喜：原

我的童年是游戏

来鲁迅先生小时候也玩过"捉了苍蝇喂蚂蚁",而且还是他们那时候最好的游戏。

童年的游戏与感兴会长存记忆。1934年鲁迅先生已53岁,他在这年7月发表的《看图识字》一文中,对儿时的"捉了苍蝇喂蚂蚁"依然难以忘怀,动情地赞颂起孩子的精神——也就是作者曾经的童年情结:"孩子是可以敬服的,他常常想到星月以上的境界,想到地面下的情形,想到花卉的用处,想到昆虫的言语;他想飞上天空,他想潜入蚁穴……"

不错,蹲在蚂蚁洞前,大眼瞪小眼,看着成群结队的蚂蚁齐心协力地把一只只苍蝇搬进洞里去,儿时的我们,也真想跟进去"潜入蚁穴",看看蚂蚁洞有多深,里面的蚂王有多大,周围是不是有文臣武将和侍卫听旨?

说起"捉了苍蝇喂蚂蚁",除了蚂蚁,还想说说苍蝇。

记忆中喂蚂蚁最好的是金苍蝇,其次是饭苍蝇,这两种苍蝇个头都较小,饭苍蝇最小,比蚊子大一点。金苍蝇头部呈红色，身上有一种晶莹的蓝黄色，像宝石蓝，很好看；饭苍蝇，顾名思义，爱在厨房与饭桌飞来飞起，所以这两种苍蝇都相对干净。最讨厌的是麻苍蝇，盯在茅坑里嗡嗡乱飞，而且个头大，腹里有蛆，又脏又臭，我们叫"污虫苍蝇"，自然不会去捉它们喂蚂蚁。

周作人的《泽泻集》里有一篇《苍蝇》，回忆他和鲁迅兄弟童年时代的苍蝇游戏："苍蝇不是一件很可爱的东西，但我们在做小孩子的时候都有点喜欢他。我同兄弟常在夏天趁大人们午睡，在园子里弃着香瓜皮瓤的地方捉苍蝇，——苍蝇共有三种，饭苍蝇太小，麻苍蝇有蛆太脏，只有金苍蝇可用，金苍蝇即青蝇，小儿谜中所谓'头戴红缨帽身穿紫罗袍'者是也。我们把他捉来，摘一片月季花的

叶,用月季的刺钉在背上,便见绿叶在桌上蠕蠕而动。""我们又把他的背竖穿在细竹丝上,取灯心草一小段放在脚的中间,他便上下颠倒的舞弄,名曰'嬉棍';又或用白纸条缠在肠上纵使飞去,但见空中一片片的白纸乱飞,很是好看。"

周氏兄弟在儿时的这些苍蝇玩法,我们小时候也都玩过,可见从前绍兴一带童年的游戏是有传承性的。但我小时候曾有一段时间特别喜欢金苍蝇,原因是可以用它来换东西。

大概"除四害"时,我家旁边的章镇卫生院号召小朋友都来打苍蝇,用火柴盒装满二三盒苍蝇,就可以兑换卫生院废弃的医用小药瓶、小纸盒。弄堂里的小朋友可高兴了,大家拿着苍蝇扑,四处打苍蝇。

我的童年是游戏

我们最爱打的是金苍蝇,夏天中午最多。我边打苍蝇边念一句自编的口诀:"金苍蝇银苍蝇,勿钉要侬死!"我们还比赛用手快速捉苍蝇,方法是见有苍蝇停在桌子、物件上,右手空握,快速扫将过去,一把捉住,这既要有眼力又要精准巧。我的这一手还准不错。

全中国小朋友的游戏大致是相通的,后来我到重庆,问起弟弟们小时候的游戏,我的几位弟弟是在重庆出生长大的,弟弟们告诉我也有一样开心乐事是捉苍蝇喂蚂蚁。不过重庆称蚂蚁为"黄丝妈妈",于是重庆小朋友唱的儿歌就变成了:"黄丝黄丝妈妈,请你家公家婆来吃朒朒,坐的坐着轿轿,骑的骑着马马。大的小的都要来,吹吹打打一起来……"

有意思的是，重庆小朋友唱的"黄丝妈妈"，后来还成了小学校的儿童歌曲。我在重庆师范大学彭斯远教授写于1988年的一篇文章中，读到这样的记载："五十年代，儿童音乐家胡元臣创作的童声合唱组曲《黄丝妈妈》在四川省音协主办的《园林好》和《儿童歌曲选》等刊物上发表后，很快引起强烈反响，因而获1956年四川省群众歌曲创作一等奖，并评为建国以来全省优秀少儿歌曲之一，被诸多歌曲集所收录。直到今天，虽已经过三十多个春秋，但却仍被一茬茬成长着的孩子所欢迎。"

彭斯远说的没有错，在上世纪五六十年代，甚至七十年代出生的重庆孩子，不管城里农村，几乎都会唱《黄丝妈妈》。使人欣慰的是，《黄丝妈妈》以后又由音乐家晓苏改编成为《黄丝蚂蚂》的四川

童谣,在今天的孩子们中间依然广泛传唱。我且把这首《黄丝蚂蚂》,全文抄录如下:

> 黄丝黄丝蚂蚂,黄丝黄丝蚂蚂,请你出来耍耍,坐的坐的轿轿,骑的骑的马马,啦啦拉啦啦//黄丝黄丝蚂蚂,黄丝黄丝蚂蚂,走出洞来耍耍,坐的坐的轿轿,骑的骑的马马//黄丝蚂蚂来了,黄丝蚂蚂来了,指挥员走前面,战斗员走后面,排成一根线,一二三四,多呀多神气。

童心总是相通的,玩蚂蚁的游戏不但南方有,北方孩子也一样喜欢,不过玩法有点不同。我在《旧时儿戏》与《老儿戏》两书中都读到了玩蚂蚁的游戏。北方孩子的玩法是"圈蚂蚁":"发现一只掉队的蚂蚁,走走停停,犹犹豫豫地寻找回家的路。几个小男孩围住它,准备给它开个玩笑,

一个小男孩掏出樟脑丸,在它的四周画几个圈,犯了迷糊,可怜的小东西闻到那气味,晕晕乎乎,出不去了,原地打转,小孩子十分开心。"这时如果用火柴棍搭一个天桥,蚂蚁就会爬上天桥,逃出迷宫。

《旧时儿戏》文图并茂，以图为主体，绘画的是著名画家华川。这本书由天津古籍出版社1999年出版，介绍了218种北京、天津、河北一带儿童的游戏，我一直珍藏着。

今天生活在钢筋水泥的高楼森林、小区公寓中，盯着手机电脑、网络虚拟世界长大的孩子，虽然有这个时代的现实幸福，但恐怕很难能体验到他们的父辈、祖父辈儿童时代那种"潜入蚁穴"所带来的无边想象与游戏的快乐了。

二、"踢脚班班"唱儿歌

幼儿与童年时期的游戏自然少不了儿歌童谣，当年那些伴我游戏、陪我成长的绍兴方言儿歌，至今依然鲜活生趣，难以忘怀。

牙牙学语时，大人坐在凳子上，将我两腿分开，放在大人的脚髁头（膝盖），大人搂着我，双脚抖动，一边抖一边唱："浪浪浪，马来哉。大人小人都走开，勿走开，马脚弹起自吃亏。泉根做官驻（回）来哉，点心盘头端出来。"有时候我坐在祖父母的腿上，有时坐在姨娘和叔叔的腿上，有时坐在邻居大人的腿上，我被抖动得咯咯直笑，这是我最早学唱的儿歌。这首儿歌中的姓名因人而异，所以镇上的小朋友都在大人抖动的膝盖上当过大官，骑马回乡衣锦耀祖。

天亮雄鸡叫，天天起得早。大人也有逗孩子起

床的儿歌:"喔喔喔,天亮哉。雄鸡讨老嬷,显鸡吃糖茶,赖孵鸡娘管管屋,小人排银家。"绍兴方言"人"读音同"银","排银家"就是玩家家、做游戏。绍兴方言称老婆为"老嬷",阉过的雄鸡叫"显鸡"。

冬天太阳暖暖地照在地上,小朋友挤在一起蔀太阳(晒太阳),这有一首很好玩的儿歌,大家互相传唱:"太阳拜拜,伢种芥菜。芥菜开花,伢种南瓜。南瓜拉藤,伢种大菱。大菱三只角,妹妹看仙鹤。仙鹤嘟嘟飞,妹妹看雄鸡。雄鸡咯咯叫,妹妹看花轿。花轿红彤彤,妹妹烘火熜。火熜热嘭嘭,妹妹乘凉棚。凉棚底下有只小鸡娘,鸡娘嘟嘟飞,飞到外婆屋里吃白米。"这首儿歌很好地让小朋友记住了芥菜、南瓜、大菱、仙鹤、雄鸡、鸡娘(母鸡)等动植物。

我的童年是游戏

也有取笑人家长得不好看的,如《癞子歌》。嘲笑男癞子:"癞子癞,头朝外。今朝杀了明朝卖。"嘲笑癞头婆:"癞头婆,彩朵朵。自做媒人自敲锣。"这些儿歌在小孩子那里只是觉得好玩,并无恶意。那时候,江南乡镇农村多有"癞子"。鲁迅笔下的"阿Q"是一个经典的癞子形象,因头皮癞而忌讳说光说灯。曹文轩的小说《草房子》也塑造了一个叫"秃鹤"的癞子男孩,在被同学的嘲笑声中逆向自励,终得同学尊重而友爱成长。曹文轩是江苏盐城人,可见上世纪五六十年代江南农村癞子之普遍,现在卫生条件好了,已看不到癞子了,所以像《癞子歌》这样的儿歌可以作为社会学研究的材料。

我妈妈有四个妹妹,因而我有四个姨娘,但没有舅舅,小时候看到人家有舅舅,心里不免羡慕。

章镇有一首调侃舅舅的儿歌，很多小朋友都爱唱，我却总是唱不出口。这首《舅舅》儿歌是这样的："舅舅舅舅，炮仗丢丢，水里游游，稻草篷里佝佝。着腊一脚头，还道是只大黄狗，拢终是伢老娘舅。"

我虽然没有舅舅，但有四个姨娘。我妈妈是老大，小名叫"大婉"，二姨娘小名就叫"小婉"。我外公名晓岚，祖父名世宾，父亲名本然。于是我外公家邻居的几位阿姨就将这些名字串在一起，用谐音的形式编了一段打油歌，开玩笑逗乐："小碗装在大碗里，大碗装在小篮（晓岚）里，小篮装在兵船（本然）里，兵船开进水滨（世宾）里。"绍兴方言，"水"与"世"同音。我每次去外公家，几位邻居阿姨就会笑着用这首打油歌逗我寻乐。

最难忘的游戏儿歌叫《踢脚班班》。小朋友数人，

排排坐在台门口的石阶上,伸出小脚,由一人当裁判来数脚。裁判蹲在这一排小脚前,用小手一只一只数小脚,一边数,大家一边唱儿歌:"踢脚班班,班过南山。南山荔枝,荔枝拗羹。新官上任,旧官请出。"

当大家唱到最后一句,裁判正好数到那只脚时,那位小朋友就得把脚缩进去,如果有小朋友连中两次,把两只脚都缩进去了,他就得站起来,"旧官请出",他就出列了,于是由出列的这位小朋友来当裁判,这样一边唱一边数下去,周而复始,一直玩到兴尽另换游戏。

大概在1982年,我读到周作人写于1914年的《儿歌之研究》,里面居然有《踢脚班班》,这是我第一次见到儿时故乡的游戏儿歌用文字表述出来，大有"如逢故人"之兴奋，可见这一游戏在绍兴一带是"古已有之"的了。

绍兴方言中有很多"土"得根本无法用现代汉语表达的读音，儿歌童谣中的音韵自然更难找到对应的文字。我之所以爱读鲁迅、周作人的作品，原因之一是可以经常找到绍兴方言的现代汉语表达。但周作人是绍兴城里人，与我们相隔绍兴五六十里的上虞小镇上吟唱的《踢脚班班》略有不同，周作人记的是："铁脚班班，班过南山。南山里曲，里曲弯弯。新官上任，旧官请出。"

再后来我在胡兰成的《今生今世》一书里竟然也读到了《踢脚班班》。这位历史上有污点的胡兰成，出生于上虞章镇的胡村，胡村地处上虞、嵊县交界处，胡村的村民因分散居住在小河两边，有的小村

落归上虞,也有的归嵊县。胡村距我们章镇只有十多里路,我在镇上读初中时,比我低一级的同学中就有来自胡村的胡兰娟、胡长林,他们与胡兰成是否亲戚本家就不得而知了。因胡村地属章镇,因而我更认可胡的《踢脚班班》,但胡所记与我儿时所唱也略有不同。胡记如下:"踢脚班班,班过南山。南山扑碌,四龙环环。新官上任,旧官请出。"

《踢脚班班》其实是一首很古老的童谣之变体,周作人在1923年写的《读〈童谣大观〉》一文中所记的《古谣谚》中有这样的童谣:"狸狸班班,跳过南山。/南山北斗,猎回界口。/界口北面,三十弓箭!"又《古今风谣》中所记载的元代燕京(今北京)也有类似的童谣:"脚驴班班,脚踏南山。/南山北斗,养活家狗。/家狗磨面,三十弓箭!"

周作人据此深有感触地说"可知此歌自北而南，由元至清，尚在流行，但形式逐渐不同了，绍兴现在的确有这样一首歌，不过文句大有变更，不说'狸狸班班'了"，而成了我们上面所写的《踢脚班班》。

有意思的是，《踢脚班班》不仅流传于浙江绍兴，同属吴越文化圈的江苏苏州也有类似的童谣。出生于苏州的历史学家、民俗学家顾颉刚，在他上世纪三十年代编的《吴歌甲集》中收录有下列一首童谣：

"踢踢脚背，跳过南山。／南山扳倒，水龙甩甩。／新官上任，旧官请出。／木渎汤罐，弗知烂脱落里一只小弥脚节头！"

"木渎"是苏州吴江区的一座古镇，有严家花园、虹饮山房、灵岩山、天平山等名胜风光，我曾去过。想不到在木渎古镇也有《踢脚班班》的流传，

当然里面的一些句式已有变化,所用方言自然更"姑苏化"了。

作为民间口传文学的儿歌童谣,各地所传有所不同,这是很正常的,这是口传文学"变异性"的表现,更何况是小朋友的传唱。但章镇小朋友唱的"南山荔枝,荔枝拗羹"中的"拗羹"不知何意?我至今也不清楚。这只有用周作人的"儿歌观"来做解释了:"盖儿歌重在音节,多随韵接合,义不相贯,……儿童闻之,但就一二名物,涉想成趣,自感愉悦,不求会通,童谣难解,多以此故。"

"连锁调"是南北各地都有的儿歌形式,小时候大家最爱唱的连锁调是《罗汉豆》:

外婆喂,我要吃豆。啥个豆?罗汉豆。啥个罗?三斗箩。

啥个三？破雨伞。啥个破？斧头派。啥个斧？状元府。

啥个状？油车撞。啥个油？芝麻油。啥个芝？白花猪。

啥个白？柏子白。啥个柏？老婆舅。啥个老？花狗佬。

啥个花？葱草花。啥个葱？屋檐葱。啥个屋？新楼屋。

啥个新？稻草芯。啥个稻？黄岩稻。啥个黄？鸭子黄。

啥个鸭？萧山鸭。啥个萧？门闩梢。啥个门？独台门。

啥个独？疔疮毒。啥个疔？蜡烛灯。啥个蜡？壶瓶镴。

啥个壶？团团糊。啥个团？雪花团。啥个雪？高山雪。

啥个高？牛皮膏。啥个牛？结牰牛。啥个结？斗草节。

啥个斗？龙虎斗。啥个龙？甩煞龙。啥个甩？屎（读西）瓶甩。

啥个屎？蛴蟟屎。啥个蛴？豆腐渣。啥个豆？罗汉豆。

这首《罗汉豆》的连锁调编的实在高妙，在环环相扣、首尾顶针的问答中，让孩子在快乐好玩的音调中知道了人世间的很多东西。民歌童谣有极强的地域性，而且方言俚语的特性十分强烈，所以一定要用当地方言吟诵。《罗汉豆》里的"啥个"，绍兴方言要读作"索格"，"破雨伞"要读作"派雨伞""尿瓶"要读作"西瓶",这才合辙对调。也正因如此,儿歌童谣的传播范围就有了一定的局限性,被用文字记录下来收入书中就显得十分稀少而珍贵了。

上世纪九十年代初,上海文艺出版社曾出版过一套《民俗、民间文学影印资料》丛书,其中有一本《越谚》,我在1990年10月收到该社编辑林爱莲女士寄来的赠书,当时真可谓"如获至宝,大喜过望"!《越谚》由清末绍兴人范寅采风编撰而成,清光绪壬午(1882年)谷应山房刊刻,上海版书末附有周作人的"跋"。

此书收录有不少从前绍兴地区的儿歌童谣,有许多都是我在儿时与小伙伴们玩唱过的。如拜月亮:"看见月亮特特拜,拜到明年有世界。世界少,杀

只雕。世界多,杀只老雄鹅。"又如取笑正在哭泣的小孩:"一会哭,一会嗷,两只黄狗来抬轿。"但我们章镇小朋友唱的是:"一会哭,一会笑,两只黄狗来抬轿。抬到朱陵桥,扑煞跌郎跤。拷个猪西泡,拨奈爹当烟壶包。"朱陵桥是我们章镇附近的一个小村庄,可见这首儿歌已很"章镇化"了。

使人高兴的是,《越谚》一书居然还记录下了在我们章镇也广为流传的另一首连锁调《一颗星》,虽然里面没有《罗汉豆》。《一颗星》是这样的:

一颗星,隔灵灯。两颗星,加油明。油瓶漏,好炒豆。炒得三颗乌焦豆,拨隔壁姆嬷搭癞头。癞头臭,加乌豆。乌豆香,加辣姜。辣姜辣,加水獭。水獭尾巴长,加姨娘。姨娘耳朵聋,加裁缝。裁缝手脚慢,加只雁。雁会飞,加只鸡。鸡会唬,加蠮蚁。……

关于这首连锁调，胡兰成的《今生今世》也有记录，但不完整。周作人在《知堂杂诗抄》中的"儿童杂事诗卷三"中，专有一首《歌谣一》讲一颗星："夏夜星光特地明，儿歌啁哳剧堪听。爬墙蠮蚁寻常有，踏杀绵羊出事情。"诗下有注："儿歌《一颗星》最通行，前后趁韵接续而成，绝无情理，而转换迅速，深惬童心。末曰，蠮蚁会爬墙，踏杀两只大锦羊。末句有各种异说，此为其雅驯者也。"

关于《一颗星》还想多说两句。清代浙江钱塘人郑旭旦编纂的《天籁集》，收录有浙江儿歌46首。此书大约编成于清康熙初年，现存最早刊本为芝秀轩本，1862年许之叙刻于湖南，其中第二十一首即为《一颗星》："一颗星，挂油瓶。油瓶漏，炒黑豆。

黑豆香,卖生姜。生姜辣,造宝塔。宝塔尖,戳破天。天哎天,地哎地,三拜城隍老土地。土地公公不吃荤,两个鸭子囫囵吞。"郑旭旦对此儿歌有如下评语:"此篇随韵粘合,然无文理。然绝世奇文,有不必文理而妙绝千古者,此类是也。"

深涵着天籁妙音、童心天趣、浑然天成的儿歌童谣,实在是"妙绝千古"的奇文,而此类奇文用现代文体分类,往往划入"儿童文学"。然学界有鄙视儿童文学者,似乎只要一与"儿童"沾边,就是低与浅,根本不屑一顾。

但从绍兴出来的那一代文士,如鲁迅、周作人、夏丏尊、刘大白、陈鹤琴等等,似乎都对这类"低与浅"的儿歌童谣民间语文情有独钟,他们的文字尤其是散文,往往别具一格、自有风味,有一种特别的"绍兴味",如同绍兴的黄酒梅干菜一样,非别地可以仿造。这大概就是古人说的"文以气为主",这气首先是地气与文脉。

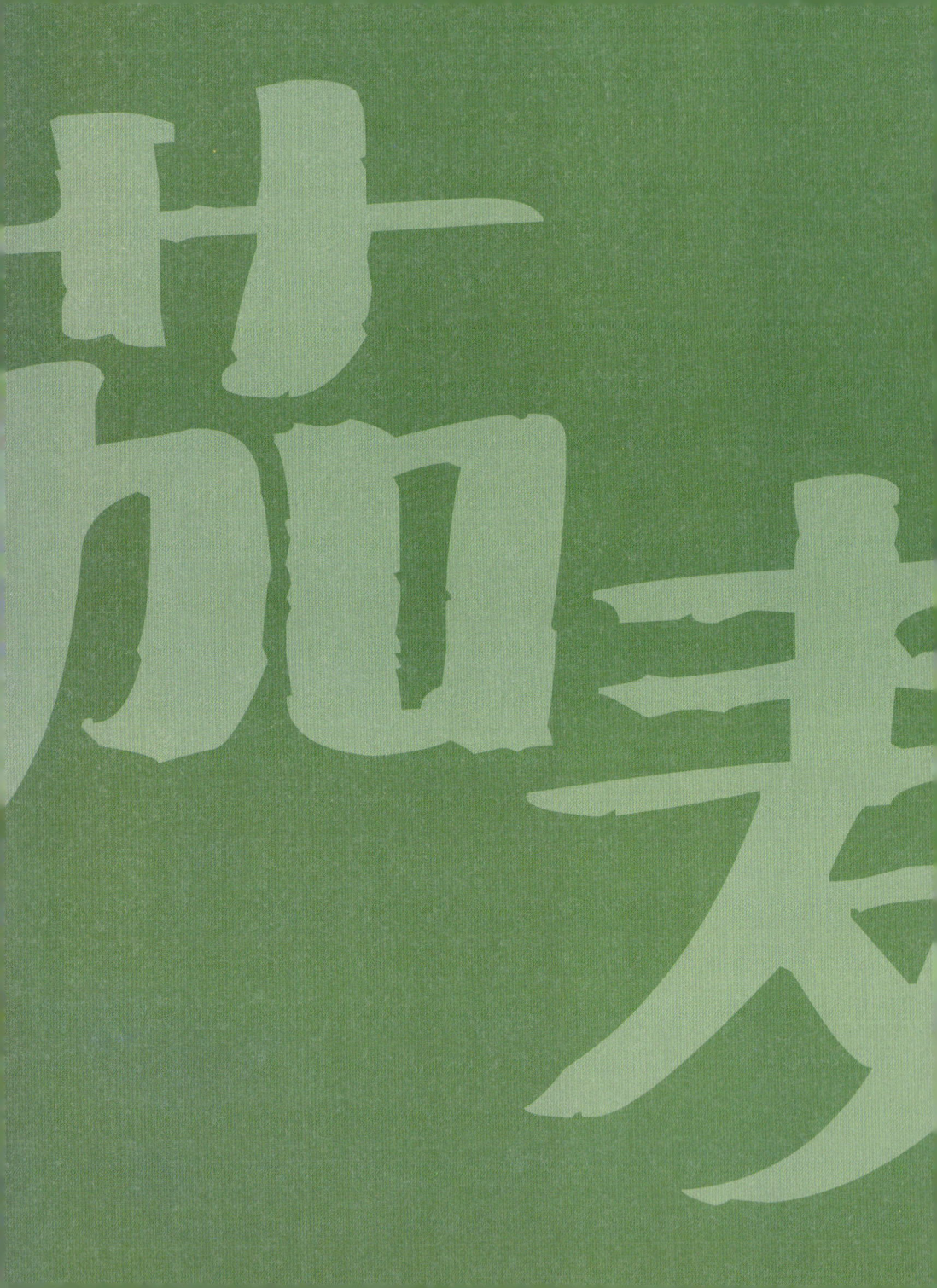

三、"朝官巡美""打茹麦"

我的童年是游戏

小时候常玩的游戏名堂很多,有一种游戏是"杀猪":搬来一条长板凳,让一个小朋友仰天躺在上面,算作是一只将杀的猪。于是众小友一一上去,一边将手比画,一边口中念念有词:"一刀,猪头杀落哉!"

再一种游戏叫"朝官巡美"。小玩伴四人,围坐地上,或围坐一桌,先在4张小纸片上各写"朝""官""巡""美"4字,揉成团,抛团落地,每人捡取一个,背着人展开纸团看字。

游戏规则是——如果有人捡到的是"巡",他就要亮明身份:"我是巡。""巡"就是巡警、侦探,他要很快侦破在座的另三位谁是"美"(美人),想好后,指认一人。猜对了,"巡"就赢了,猜错则输。这时由"官"宣判,罚打多少下手板心。执

行者是"朝","朝"最实惠,权力最大,如"巡"猜对了,"朝"就打"美",猜错了则打"巡"。执刑完毕,再抛纸团开始下一轮游戏。小玩伴之间当然不会真打手板心,只是高高举起轻轻放下,如果输的是小女孩,那更不会打了,只是用手指在她的手板心上抠痒痒。

还有一种游戏是"打茄麦"。这里的"茄麦"应是荞麦,上虞人发音读作茄麦。荞麦面、荞麦饺是很好吃的,我们虞南与曹娥江上游的嵊县人,比喻人的嘴巴很会说话,就说"格佬倌(这个人)格嘴巴像荞麦饺,说话勿要力气"。

"打茄麦"的游戏是两人对坐,互相抚摸一下对方的手背,表示游戏开始。先各自拍双手,再各出相同方向的一只手(多先出右手),相互拍掌;收手后再自拍手,各出左手,互击掌。就这样不断自拍手,相互击掌,循环往复。

玩"打茄麦"的游戏,最高兴的是一边拍手、击掌,一边唱儿歌:"一箩麦,二箩麦,三箩打茄麦。噼里啪,噼里啪,大家来打麦。/麦子多,麦子好,磨面做糕糕。糕糕甜,糕糕香,大家都来抢。"

"打茄麦"的游戏大人和小孩也可以一起做，我最早就是和小叔叔一起玩"打茄麦"的，我们对坐在长板凳上，互相摸一下手背，就噼里啪啦地打了起来。好像还是昨天的事，印象是那么深刻……

我的童年是游戏

我原来以为"打茄麦"是我们上虞和绍兴一带的游戏,没想到前些年我在叶圣陶1932年编写的《开明小学国语课本》的初小课文中,竟然发现有一篇《一箩麦》,全文如下:

一箩麦,两箩麦,

三箩麦,大家来拍麦。

劈劈拍,劈劈拍!

小麦新,做面粉。

大麦黄,做麦糖。

劈劈拍,劈劈拍!

拿点面粉给张家,

拿点麦糖给李家。

张家送我一瓶新蜂蜜,

李家送我一枝石榴花。

劈劈拍，劈劈拍！

叶圣陶既是写过《稻草人》等童话的名作家，又是教育家，他把《一箩麦》这样童趣洋溢、寓教于乐而又充满情境化、艺术美的儿歌编入课本，小学生怎会不喜爱？叶圣陶是江苏苏州人，这首《一箩麦》是叶圣陶收集整理的苏州地区儿歌，还是他的原创？不得而知。但可以肯定的是"打茄麦"这种游戏，在江苏苏州一带也是流行过的。

小时候还有一种冬天玩的游戏，叫"轧污渣"。冬天天寒地冻，雪化后顺着屋檐流下来的雪水，夜里已冻结成了冰柱子，挂在屋檐上，我们叫"锭锭糖"。

真是冷得很哪，小朋友穿着棉衣棉裤，戴着棉帽手套，一个个像大胖子。当冬日的暖阳照在山墙上时，男女小朋友就挨着墙根挤在一起，分为左右两队，大家用力往中间挤轧，一边使劲挤轧，一边大声喊："轧污渣，轧污渣，嗨唷嗨唷轧污渣。轧出尿，轧出污，轧出郎倌去吃污。"因为穿得臃肿，中间的小朋友很容易会被一个个挤出来，就像大便被挤了出来，所以叫"轧污渣"，绍兴方言粪便叫"污"。被中间轧挤出来的小郎倌（小孩），赶快跑到两边，再使劲往中间挤。

这一游戏的名字有点不雅，但小朋友玩得最开心，冬天大家贴着墙根，你挤我，我轧你，抱团取暖，常常玩得额头冒汗，笑声不断。

还有，摸瞎盲（用手帕遮住眼睛摸人）、老鹰抓小鸡、在月光下种南瓜、捉迷藏……

以上这些游戏，大多是在幼儿时期及小学一二年级阶段玩的。

四、筑好水坝盖房子

我的童年是游戏

  我们的小学校位于姜山脚下，里面有参天的香樟树、枫树，经常有松鼠在树上窜来窜去。校园里还有两个小池塘，两个小花园。春天多雨水，姜山上的溪水顺着沟壑流经我们教室前面的明沟，一直流入池塘。看到哗哗的山溪水，男同学很快发现了新的游戏活动：筑水坝。

  课间休息十分钟时间太短，最好是下午自由活动时候，男同学自由组合成二三个小组，分别占据明沟上、下两头或上、中、下三段，然后很快弄来断砖、石块、烂糊泥，用烂糊泥调水粘合断砖、石块，趁水流缓慢时，快速地筑起一道水坝，将溪水拦腰截断。占据上段筑的水坝叫"头坝"，难度最大，因溪水不断下来，稍一不慎，就会溃坝，所以一定要掌握好溪水的流量流速，快速将坝筑成。头坝筑得越高，积水自然越多，一旦开坝，对下流二坝、三坝的威胁也就越大。

比赛规则是：头坝如在修筑过程中或修好后若干分钟内，出现溃坝垮塌，则输。筑头坝的自然是高手，筑成后就有了裁决权。这时二坝、三坝（有时还有四坝）也已筑成。头坝看时间差不多了，就喊开坝！几位同学马上七手八脚将头坝弄垮。

我的童年是游戏

于是汪汪急流瞬间冲下,如果二坝立即被冲垮,就算输,如能挺过若干分钟,就算赢。接着是二坝开坝,三坝开坝……

这时候女同学也早已围了上来,在一片欢呼声、叫好声中,大家玩得快活极了。有时候,路过的老师也进来看热闹。虽然筑坝的同学双手沾满了烂泥,衣袖也已打湿,但没有老师会批评。开坝玩完后,同学们到池塘洗洗干净,又去玩别的了。

孩子有玩泥巴与玩水的天性,筑水坝又玩泥巴又玩水,自然是很高兴的玩法。

有一段时间,我迷上了去曹娥江边堤岸上用泥巴盖房子。有时候一个人玩,有时候二三个小伙伴一起玩。

盖房子的建筑材料什么都有:断砖、玻璃片、

小木片、小木条、火柴盒、小铁片、螺丝帽等等，当然还要有一堆用来粘合的烂糊泥。

首先取用江水调和好烂糊泥，准备在一边。接着把地基打压平整，于是按照心目中的房屋蓝图，一步步地搭建、拼装、组合——实际上这是另一种"搭积木"。但是非常遗憾，我小时候没有进过幼儿园，也没有玩过搭积木，家里自然也没有。后来很大了，才看到还有积木。

用泥巴盖房子，既需要想象，还要手巧，根据建筑材料的性质、大小、规格、软硬程度，和上烂糊泥，小心地一点点、一件件地搭建起来。因而这是一个细致活，不能急躁，否则搭着搭着一不小心就垮了。所以一幢房子建好，要花很长时间，我往往一玩就是一下午。

房子终于建好了，有两层楼，螺丝帽当础石，断砖砌墙，玻璃片嵌成门窗，火柴盒当桌子、床铺，屋顶上还插着旗子。啊，真的好漂亮，好高档！小伙伴都叫好，我也不由得佩服起自己来。

夕阳洒在江面，镇上的屋顶冒炊烟了，我们依依不舍地离开盖好的房子，回家去吃晚饭。夜里睡梦中还惦记着房子会不会被江水冲走。

有一年，我迷恋上了"做模型"。镇上文具店售卖从上海来的石膏模具，我买了三五个。

石膏模具色白，是个长方体，比火柴盒要大，上下两块呈对称状，中空，空处是蜡模的模型，有飞机、兵舰、汽车、动物等。制作蜡模的材质是蜡烛油，先将蜡烛油放在铁皮罐里，用火烊化成液体，再快速倒入一块模具，将另一块模具盖上，严丝合缝，用手摇动，使蜡烛油均匀分散到整个模具。然后将模具浸入到水盆里，模具里的蜡烛油遇水后很快冷却，于是从水盆里取出模具，这时模具中的蜡烛油已经凝固成型，将上下两块模具揭开，蜡模的样貌就出来了。哇，一架飞机就做好了，太高兴了！根据不同模具，我和同学还做成了兵舰、汽车、动物等。

　　玩模具，做模型，使我感到了无比快乐，这是手工制造，很有一种"工程师"的感觉。我经常找雨花街的张铁民同学玩，他也有三五个不同蜡模的模具，两人"打拼"，做出的模型式样就翻倍增多。蜡模的材质是蜡烛油，最好是红蜡烛。那时候，点蜡烛、点煤油灯的人家很多，蜡烛油总是能够找到。

很多年以后,我看考古方面的电视节目,里面介绍古代青铜器的浇铸,有一种叫"失蜡法"。我们那时候玩过的蜡烛油模具,真还有一点失蜡浇铸法的意思呢。

五、大力士习武演戏文

我的童年是游戏

从我们的小学校出来,有一个很大的广场,镇里叫"姜山六亩",平时空旷着。镇里开大会,就变成露天会场;镇小和镇中开运动会,就成了运动场、操场;每年镇里供销社举办春秋两季的"物资交流大会"时,这里又变成了热闹的游乐场、交易场。

那真是小时候快乐游戏的场所。这个时候,大街上的商店、摊贩忙于生意交易,人头攒动,市声鼎沸,而"姜山六亩"则是另一番喧闹的景象:跑江湖的三教九流都从四面八方赶来了,很多游戏玩意平时是看不到的。

每样玩意都吸引人,有大人玩的,也有小孩玩的:打气枪,打中五颜六色飘动的气球发奖品;掷藤圈,套住前面地上的瓶子也有奖品;打"康乐球",

赌香烟；唱余姚滩簧，卖梨膏糖；看"幻灯电影"，眼睛对着如同老式照相机那样的盒子，按钮一转，盒子里有幻灯片出来；还有小孩子喜欢的面具，最多的是孙悟空、猪八戒、关公、张飞……这样热闹的场面要维持到整个交流大会结束，有三五天甚至一星期。

"姜山六亩"人气爆棚的是在广场中间，那里正在进行大力士打拳头、耍武艺、卖膏药等活动。大力士用石灰在地面画成一个大圈，观众很有规矩地站在圈子外，我们小孩子坐在地上，围成一圈。

场子中间的大力士一般有两人，双搭档，如同相声那样互相捧哏。有时也只有单枪匹马，那很少见。只见两位大力士，上身赤裸，胸肌发达，肤色红黑，腰间扎一条勒得很紧的缎带，下穿浅白色绸灯笼裤,脚踩玄色软布鞋。一上场,当当的小锣敲过,先来一个双手作揖,向场子四周的观众致意,再通名报姓,何方人士,有何绝技武功,于是好戏开场。

那才是真正的大力士:先来一番耍枪弄棍,作为热身,只见一把如同鲁智深用的钢叉,抛向半空耍得"唰唰"作响;一把赵子龙用的蛇头长矛,四

处劈刺,风声"嗖嗖"掠过。然后是双人对阵:一人先用锋利的大刀将木头一劈为二,证明刀是真刀;另一人"啊啊"地叫着憋气发功,胸肌鼓成硬块,于是对手过来用刀刃对着他的胸脯,叫场子上随便哪个观众进来,拿木棍狠力地敲打刀背。

那真叫惊心动魄:木棍击刀背,刀刃击胸脯,看得我们的眼睛一眨不眨,嘴巴张得老大,双手捏得出汗。只见大力士脸不改色,目不斜视,脚不抖动,毫发无损!

场子上观众大声叫好,高喊再来一个、再来一个。接下来,大力士表演走钢索,卧钉板,吞火球,手劈石砖,脖弯铁条,拿长板凳将肋骨敲得"嘭嘭"脆响。每一样都在围成一圈的360度角的观众视线之内,每一样都是顶对顶、硬碰硬的真功夫。

只有功夫真,才证膏药灵。就在观众的叫好声、惊叹声等着再看的兴头上,大力士却把话锋一转,两人嗨哈捧哏,说习武之人拳脚刀枪,哪有不伤筋动骨的,幸有祖传的独门膏药,专治跌打损伤、腰痛背酸老寒腿,才有今天的真功夫、棒身体。独享不如众享,今天来到贵方宝地,为回报社会,特别挤出20贴祖传秘制膏药,照顾20名在场观众。大家齐声喊好。于是大力士绕场分发20张纸头作为治伤证券,很快被争抢一空。

我们挤到场子中间看大力士治伤。百作劳工,谁没有一个陈年劳伤?长板凳上凭券先后坐好治伤的大人,脱衣露背,信任满满。大力士嗨嗨发功,或推拿按摩,或火罐拔毒,或针刺艾灸,再卖祖传独门膏药。那些刚才没有抢到纸头的大人要求加塞,

大力士说今朝膏药带得不多,明朝侬要趁早赶来。于是大家盼着明天。

这样的真功夫大力士表演,那年那月几乎每年都有好几场,我们记住了两位功夫最厉害的大力士的名字,一位叫章德彪,一位叫张水标,两人成了我们小孩子的崇拜偶像。当然我们也看到过花拳绣腿本事不咋样的"大力士",有大人发现,那些个"大力士"手劈的砖石,是事先做过手脚埋在场子的,因而卖的狗皮膏药自然可疑。

因为崇拜大力士,我们也玩起了刀枪剑戟,打拳习武。但非常遗憾,我们完全没有师傅指导,纯粹是瞎搞搞。我们手上的刀剑是春节时从文具店买来的,再在脸上套上孙悟空、猪八戒的面具,于是就对打起来,既是比武,也是戏文,乐也融融。虽

然大力士的打拳习武为的是卖膏药糊口，但大力士的硬汉形象则牢牢地定格在了我的童年脑海中，潜意识里滋生出了"小小少年要有一身本领"的想法。

因为小镇上没有师傅可拜，打拳习武只能放在心里想想，但弄刀耍枪演戏文，则是大有基础的，而且完全可以无师自通。因为那时候，镇里除了盛夏"双抢"，农民割早稻、插双季秧的季节，几乎一年到头都有绍剧、越剧的演出，"绍兴戏为天下，小歌班为老婆"（小歌班就是越剧）。绍剧是大锣大鼓热闹的武戏，越剧是胡琴的笃班（清末在浙江嵊县一带的戏曲剧种，后来进入上海，称为绍兴文戏，1942年起改称越剧）的文戏。我们都爱看热闹的绍剧，看得多了，戏台上的那套皇帝上朝、将帅征战、包公审堂的程序也记住了几分。

我的童年是游戏

　　于是我们自己也来演戏文。平日里小伙伴聚在一起玩耍，谁当头、谁跟班、谁跑腿，都有自己的角色。现在要演戏文，自然而然也很快地找到角色：当头的不用说要当皇帝、元帅，他的妹妹要当皇后或是女将，大家都没意见；那些个平时跟班的，分别当元帅手下的将官，这很顺理成章，或当骑马报信的探子，探子的地位也很重要；原来跑腿的小喽啰，自然服帖地当小兵小卒、虾兵蟹将。

　　每人有了角色，同时都有自己的"十八般武艺"，不管是从文具店买来的，还是自己手工做的，或是临时找到的竹竿、木棍、鸡毛掸子，总之每人手上都有一件武器，刀枪剑戟、斧钺钩叉、镋棍槊棒、鞭锏锤抓、拐子流星，你认为是什么就是什么，反正这些"冷兵器"已经够威风地演一台戏了。

　　化妆也很重要：男孩子大多套上面具，红脸黑脸大花脸什么都有；女孩子没有合适的面具，就用胭脂花粉甚至红墨水化妆。每个人都有了自己的角色脸谱。

　　于是大家齐声用嘴巴"敲头场"锣鼓，咚咚咚锵锵锵，咚锵咚锵咚咚锵，锵锵咚锵咚锵咚，锵咚锵咚锵锵锵。再敲二场，很快戏文开演。大家既是演员也是观众，还有几只小狗蹲在地上当"亲友团"。

　　戏文的情节都是临时发挥，随编随演，大家都很配合。最多的戏文情节是皇帝与皇后娘娘上朝，探子飞马报信，外敌入侵边关告急，皇帝下旨大元帅挂帅，大元帅率兵出征迎敌，众将官大战敌军，杀声阵阵锣鼓锵锵，终于杀退敌军。

　　大元帅喊："众将官！"大家齐呼："有！""旗

我的童年是游戏

开得胜班师回朝！"于是大家嘴里响起呜哩哇啦的梅花唢呐声，将竹竿木刀鸡毛掸子等兵器高举过头顶，在场子里来回兜圈子，班师回朝，好不开心。

也有包公升大堂、良民喊冤枉、侠客擒犯人、法场斩恶少等。这些戏文都是从戏台上看来的，都是模仿大人的做派，但不知不觉，也在儿童心田种下了御敌报国、忠良为民的种子。

有一天，我们在"大夫"道地的阿良家院子里玩，戏文正演得热闹，扮皇帝的阿良坐在竹椅上，众将官分列两旁，正上早朝，按程式这个时候要有探子飞马来报。正在此时，有一个小佬倌（浙江绍兴方言：小孩子）跌跌撞撞地跑了进来，见到皇帝大喊："大王，不好了，不好了，金家弄堂打起来了。"

皇帝喝道："快快报来，边关谁人打起来了？"

"是金家弄堂那帮坏蛋,打我们下沙弄的阿八。"

"那还了得,气煞本王也。众将官!"

"有!"大家大声答应。

"雄师出征,随皇上征讨金家弄堂,救那阿八!"

阿八是我们弄堂里的玩伴,人很老实,寡言少语,大家编歌这样调侃他:"阿八阿八,桥头看鸭。鸭子勿生,阿八逃生。"平日里虽然阿八不咋样,但现在阿八落难,怎能不救?

于是大家拿着木刀、长矛、竹竿、木棒、鸡毛掸子,跟着阿良皇帝,去那金家弄堂征讨,那几只狗儿也"汪汪"地叫着,义无反顾地跟在后面。弄堂里的大人忽然看到这么一群戴着面具、举着兵器的孩子叫嚷着跑来，以为是在搞"迎神赛会"，无不哈哈大笑。

那是一次非常认真的"假戏真做"，大家很快杀到金家弄堂，与那群"番邦金兀术"大战起来，乱中救出阿八，东风欢尽英雄梦，笑对青山万重天，他们哪里是我们的对手？我们不知演了多少场戏文，谁是统帅、谁是武将、谁是侠客，早有安排，更何况我们的手上还有好几件从"普育"文具店买来的"真刀真枪"，而文具店是从上海进的货，上海来的东西还会推板（差）吗？

竹纸

六、弄堂里射纸箭

我的童年是游戏

　　大概从小学三四年级起，我们游戏的主流起了变化：逐渐带有了比赛味道，刺激。当时章镇街上小伙伴最流行的比赛游戏有三种：射纸箭，飞牌头，打弹子。射纸箭既是游戏，又是比赛。

　　纸箭通常用香烟壳或厚纸折成，香烟壳的纸张不但光洁，有一定的硬度，而且折出来的都是彩箭，好看。纸箭折成长条三角的火箭状，尖角顶端还要包上一层薄薄的铁皮，这样的"铁头箭"容易掷得远。

　　我们镇上下沙弄的小伙伴玩射箭的场地就在我家门前的长弄堂，通常是三至六个小伙伴一起玩。先在石板地面用木炭或粉笔画一条线，算是"黄线"，射箭时不能越出此线。然后一个个依此用力射箭，一人一支。

　　射箭时，用大拇指和食指捏住纸箭的头部，先

要助跑,一边挥舞小胳膊,一边把箭头放在小嘴前,用力气使劲呵几下,以为这样就射得远,再用尽全力将箭朝前掷射出去,类似田径运动的掷标枪,射程大致有一二十米。

射完箭后,大家赶紧跑到赛场的前头,寻找自

我的童年是游戏

己的箭,看谁的箭射得最远,以远为胜,确定第一名。第一名就赢得了"吃箭"的资格:站在纸箭落地处,将其纸箭丢到第二名的纸箭处用手一庹(丈量),如庹上,这支箭就归他了。然后再"吃"第三名、第四名的纸箭,直到"吃"光。如果丢箭时不注意,甩远了,小手庹不到两箭,那就失去了赢的资格,让给没有被吃掉箭的那一位。依次轮流。不过第一名丢箭时大都不会庹不到,因为小伙伴的射程通常差不多,纸箭都落在前后左右的近距离范围。

参加射箭游戏的都是男孩,因为射箭要有力气,要跑,要喊叫,而且还是一种比赛,很少有小女孩参加,她们大多是围在落箭处看热闹。射箭游戏是一种户外活动,通常是在春夏季晴天举行,暑假最热闹,往往从下午二三点钟开始,一直要玩到大人

喊"吃夜饭哉"。

　　射纸箭给小伙伴带来无穷乐趣,又跑又跳又要赢箭,一个个玩得满头大汗,脸红身脏。但赢来的纸箭一般都不作保留,既然射不远,当然不是好箭了;而且因已被折成纸箭,原来的香烟纸壳被弄得皱巴巴,连香烟纸也成了废纸,还保留它干啥。射箭高兴的是过程,尤其是丢箭、"吃"箭时的那一种胜利者的满足和得意。

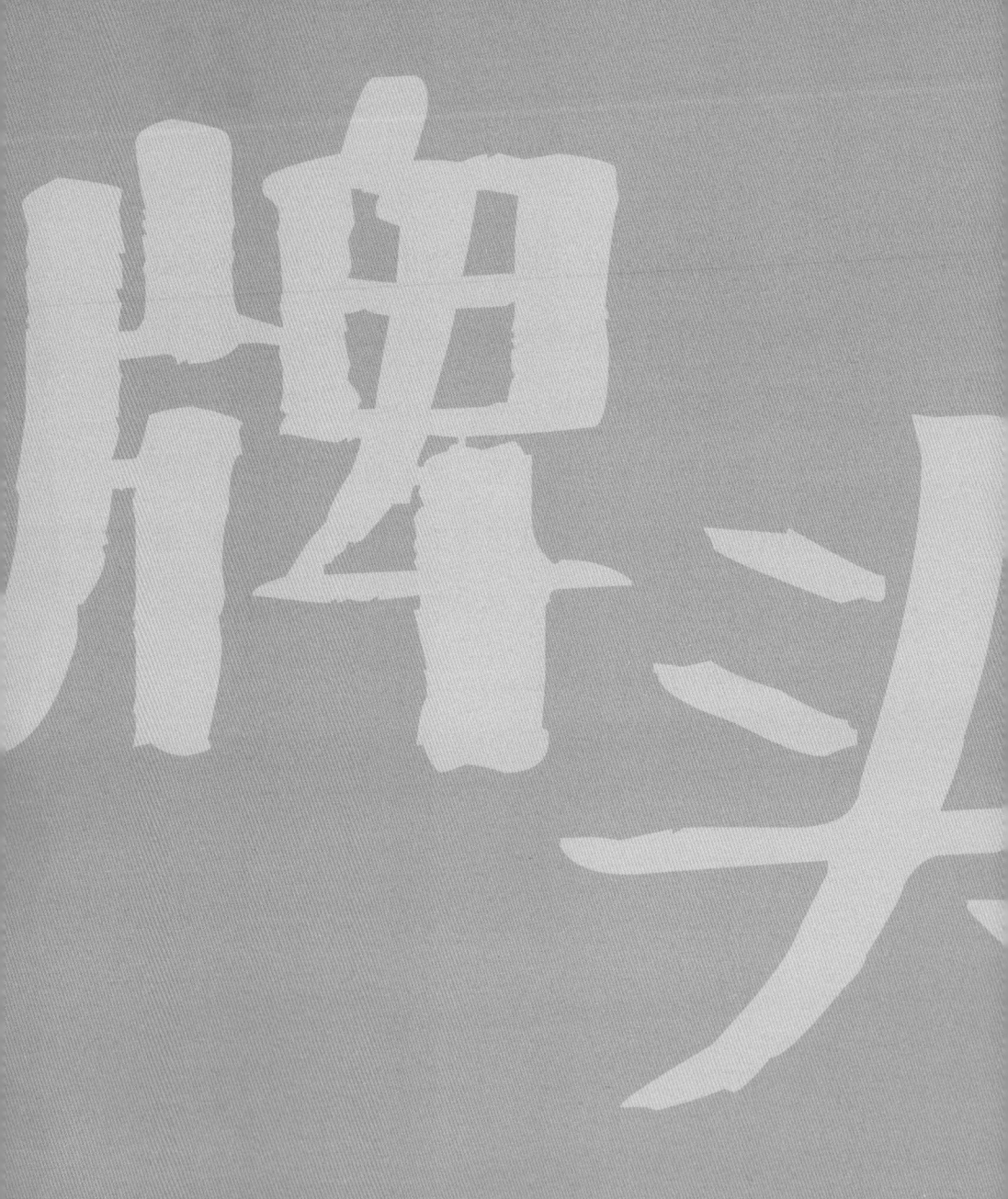

七、永远玩不够的飞牌头

我的童年是游戏

第二种游戏是飞牌头。所谓"牌头",上海叫洋片,原先是一种厂家随香烟盒分发的一张张彩色广告小画片,我们小时候,已成为专供儿童游戏用的软硬适度的纸块画片,绍兴一带都叫作"牌头",或叫"纸牌"。绍兴地区的牌头全是由上海厂家生产印刷的。在我儿时的心目中,那些花花绿绿的牌头实在是无价之宝,多少梦想、多少幸福的感觉、多少满足与期盼都在那一张张小小的牌头上。

一整版牌头大概有一整版的小报纸那样大小,每一整张牌头就是一个完整的故事,正面是画,背面是简短的文字说明,如西游记、三国故事等,或是系统的知识介绍,印象最深的有各种杂技表演、兵舰类型、京剧脸谱等。

　　一整版牌头有60小张,要自己用剪刀剪开,每一小张牌头大概有火柴盒那样大小,呈长方形。一分钱可以买8至10张小牌头。买卖牌头的旺季是在春节前后,那时候,放了寒假,小口袋里多少都会有一点剩余的压岁钱(压岁钱的大头通常交给大人,开学时补充学费),于是高兴地跑到小店铺去买牌头。

　　镇上牌头品种最多的是"普育"文具店,那是一家镇供销社开的大店,又卖图书,又卖办公用品与文具,但春节前后必定要从上海进货,向小朋友卖牌头。店里的营业员有三五人,干得最久、印象最深的店员叫陈涨潮,他能用一把锋利的弯刀,快速裁纸。这个文具店是全镇最大的文化用品商店,所以这里的牌头要整版买,不一分二分地零买。有

我的童年是游戏

时见到人家大人牵着孩子,去陈涨潮那里买牌头,一买就是三四版甚至十来版,那真叫人羡慕。请想一想,一整版牌头可以剪成一百张左右的小牌头,那是多么厚的一堆啊!

零卖牌头的通常是镇上的小摊贩,我们最常去的是下沙弄卖炒货(花生、瓜子、罗汉豆)的阿仁伯的炒货店。阿仁伯的炒货店兼卖牌头,一分二分钱都卖,所以阿仁伯就成了小伙伴心目中掌握牌头的大老板。我们常常会跑去问,有没有新牌头?有时买了牌头,还要再买三分、五分钱的罗汉豆。阿仁伯特别喜欢我们小孩子去光顾,他做的是绝对的小生意,每天靠一分、二分、一角、二角的经营谋生。阿仁伯似乎是一个孤老头,屋里总不见有其他人。

春节期间，倘若买来新牌头，尤其是大人一高兴，允许买一整版的新牌头，闻着牌头的油墨香——我现在还能体会到那种儿时闻到牌头的香味——看着印在上面花花绿绿的人物、花鸟，那实在是一种说不出的满足与陶醉，简直成了世上最幸福的人。我那时想象不出还有什么比拥有整版新牌头更大的幸福。

牌头的玩法主要有三种，都有比赛意味。第一种是"劈牌头"：参加玩牌头的小伙伴，一般是三四人，先用木炭或粉笔在平整的石板地面画一方框，然后由一人做"庄家"，把牌头平放在方框正中，牌头的画面朝上。其他的小伙伴就轮流将手中的牌头劈下去，借助牌头落地的那一股气流，使"庄家"的牌头翻过来，翻过来就赢，

翻不过来就输；或者不断地将"庄家"的牌头劈出方框。如果劈下去，不小心将自己的牌头盖在庄家牌头的上面，那也算输。这种方法虽好玩，但往往劈上半天也难分输赢，所以不够刺激，适合口袋里牌头少的时候玩。

　　第二种是"飞牌头"，二人或三五人一起玩。玩法是：将牌头贴在墙上，让其飞落于地，如果你落地的牌头靠近另一位已落地的牌头，就用手去庹，伸出右手，大拇指与无名指之间的距离为一庹，能庹上，那张牌头就归你，算赢了。所以庹的时候要尽量伸长拇指、无名指，小伙伴往往用力去拉手指。但庹上了还不算赢，对方可以伏在地上用力吹气，倘若将他那张牌头从你的手指压力中吹走了，那牌头就不归你，不算赢。伏地吹气是飞牌头最好看的一景，为了设法吹走自己的牌头，小伙伴总是翘起屁股，侧着脑袋，腮帮贴着地面，用足全力，从不同角度"嘘嘘……"地吹，这样，每次飞牌头回来，小脸蛋总是脏兮兮的。

真正刺激的玩牌头叫"养鱼塘"，这是牌头的第三种也是最高级的玩法，条件是口袋里装的牌头要多，如果不多，还没"养完"，牌头就归对方所有了。这种玩法一般也是三五位小友一起玩，很少有二人玩的，二人玩不热闹，而且二人加在一起的牌头也不会太多。

"养鱼塘"的玩法是：大家依次将牌头贴在墙上，让牌头一张一张地往地面落，谁的牌头盖住了已落地的一张，地上所有的牌头全归他所有，赢了。落地的牌头要盖住地上的牌头很不容易，

稍微有一点风，牌头就飞开了。往往大家一张一张地往地上落牌头，越来越多，就像池塘里的鱼越养越多，满地都是牌头了，还没有被盖上，小伙伴真是紧张极了。如果这时候谁的牌头飞完了，那就自认倒霉，退出养鱼的资格，站到一边去，看谁最后能赢……

只见墙上的牌头还在一张张地落地……哇，盖上了！终于有人将牌头盖上了！于是统吃，这一地的牌头统统归他所有。那股高兴劲甭提有多痛快了，一张张地捡拾胜利果实，这是多么大的一堆牌头啊！往往有几十张，时运好时可以有上百张。小口袋一下子被牌头装鼓了。这样的好时运，我也曾碰到过，那种得意、高兴，至今依然历历在目。

因为"养鱼塘"要靠运气,实在刺激太大,因而心理变化也大,这样偶然也会出现意想不到的事:有人输光了不服气,站在一边满脸通红,突然趁人不备,抢走地上的牌头就跑。

"抢牌头"当然是很让人看不起的行为,如果有人有"抢牌头"的记录,那就在大家心目中上了"黑名单",以后就不跟他玩了。我们"养鱼塘"时最怕的是另一种"抢牌头":大家玩得正上瘾,突然闯进来几个高年级的"坏学生",如同野猪进菜园,抢走我们满地的牌头,还挥舞拳头,威吓我们,以大欺小,实在可恶。

大概读小学四年级时的一天午后,我们四五个男生聚在镇上"沈伯良照相馆"院子里"养鱼塘",鱼塘已养了很多塘了——每赢一次算一塘——玩兴正浓,全然忘了上学。忽然听到沈伯良先生家的自鸣钟"当"地敲了一响,呀,下午1点了,于是我们捡起地上的牌头赶紧往学校跑。跑进校门,咦,奇怪,怎么还没上课?校园里正热闹着呢。原来,还不到下午 1 点。后来我们才知道,沈先生家的自鸣钟每半小时就会"当"地敲一响,我们听到的那一记响声是中午 12 点半。

飞牌头,养鱼塘,给我的儿时带来了无穷乐趣,有时做梦还在养鱼塘,老是梦见我的牌头落地,就是盖不住。心里那个急呀,真是难以形容。一觉醒来,常常感谢:幸亏是梦,要是真的,我口袋里的牌头可就输光了。

八、打弹子玩冒子枪

随着年岁慢慢长大，到了小学五六年级，镇上流行起"打弹子"的游戏。所谓弹子就是圆溜溜的玻璃珠子，直径大约1厘米，有透明弹与花弹两种，透明弹是玻璃的原色，单调不好看。花弹子里面嵌着各种色彩不一的花芯，有花瓣、弯月、彩线等，十分好看。

在我们小伙伴眼里，黑花弹子最好看，因不多见，所以显得高贵、典雅，有一种贵族气。口袋里装着一把弹子——少说也有七八颗，小手一摸，滚圆溜光，骨碌碌直转，感觉真是好极了。

"打弹子"的玩法是：以小伙伴四五人为最佳，找一块平地，用木炭或粉笔画好四方形或长方形的比赛场地，在场子中间挖一小洞，大家依次先要将弹子滚进小洞，只有进洞的弹子，才有资格

"吃"掉未进洞的弹子。"吃"法是:你的弹子要打中对方的弹子,这就要比试"眼夫"——眼睛的功夫。

丢弹子时要掌握力度、射线,因而技术性很强,往往不易打中。打中多的人,我们就称赞他"眼

夫好"。弹子比牌头贵多了,一整版60张牌头记得只要一角钱,而一颗弹子往往要四五分钱。所以打弹子是儿时的"贵族化"游戏,一般小小孩不敢玩,玩不起,总是小学高年级或初中生在那里玩。

那时镇上的小伙伴还热衷于玩冒子枪,时间主要在寒假,特别是春节前后。"冒子枪"是镇上小摊贩从上海、杭州批发来的儿童玩具手枪,大概一角多钱一支。这种玩具手枪用木头做成,据说高级的也有铁片制的,那很贵。

冒子枪的关键是在枪眼里装上小粒火药,用扳机一扣,就"砰"地发响,还冒烟,但不会伤人。小粒火药叫"冒子",固定在一张红色的薄纸片上,纸片呈长方形,整齐地嵌入固定好了,有二三十颗

"冒子",打枪时挖出一颗,装入枪眼。冒子纸是单独卖的,四五分钱一张。所以玩冒子枪都集中在春节,小伙伴花的是口袋里的压岁钱。于是,春节一到,镇上的街巷除了鞭炮声,还有孩子们手中砰砰啪啪的冒子枪声,好不热闹。我那时常想,是谁发明的冒子枪,让我们小孩子有这么好的游艺,真是了不起!

喜欢玩冒子枪的自然是男孩,除了玩得热闹,也有恶作剧用来吓人,偷偷躲在路边旮旯,见有女孩子过来,拔出冒子枪就打,女孩吓得哇哇大叫,男孩哄笑着一溜烟逃跑了。更有恶作剧的是见大人正蹲坐在茅坑上,用冒子枪在屁股后面开枪,大人这一惊吓可不得了,提起裤子就追,那些个捣蛋鬼自然早已跑得不见踪影。

　　从冒子枪得到启发，镇上有聪明的大同学发明了一种"线团炸弹"。所谓线团，就是妇女缝纫时用线的那个线团，线团是木制的，圆形，中间有凿空的圆孔。制作"线团炸弹"的核心材料是要找到一个真正的子弹头，说来似乎有点使人不信，上世纪五六十年代时，我们浙东小镇上很容易找到子弹头与子弹壳，小镇的采购商店回收的废品金属中就常有。

　　子弹头不大不小正好装进线团中间的圆孔，或者说这个圆孔就是为我们制作"线团炸弹"事先准备好的。当然制作过程有点复杂：先要在子弹头里面挖出空洞，再用烧红熔化后的锡水（用锡皮牙膏皮烧制）浇灌进空洞，趁锡水还未完全凝固时，用小铁钉稳稳地在正中扎一个洞；这根小铁钉很重要,事先已选好,洞的深浅直接决定装火药的多少;然后用铁丝缠绕住线团,铁丝的中间则牢牢地缠住铁钉头部,能让铁钉的尖端插入锡孔前面。这关键的一步完成后,再在线团的另一端(尾部)插上五颜六色的雄鸡鸡毛,并要固定住,起平衡作用。一个"线团炸弹"现在就做成了。

炸弹要有火药,火药哪来?很容易,用小刀片削刮下火柴头,将黑色的火柴头碎屑装进子弹头锡孔,再用已稳固住的铁钉尖端插进锡孔。一切就绪,就使劲将"线团炸弹"往高空甩,越高越好。往上甩时,"线团炸弹"尾部的鸡毛就起了平衡作用,到了空中翻一个跟头,鸡毛在上,子弹头在下,落地的一刹那,铁钉剧烈地撞进弹

头锡孔,如同枪炮的撞针,立刻引爆锡孔里的火药,于是"砰"的一声,炸声大得吓人。所以为了达到撞击炸声的效果,一定要在石板地或水泥地面撞炸,泥土地不行;再是锡孔中的火柴头装得越多炸声越响。

那时候春节期间,能玩"线团炸弹"的是我们心目中了不起的"工程师""工匠师傅",只有小学五六年级学生与初中生才有资格,而且一定要心灵手巧。我当时实在羡慕,但自己又做不来,而且找不到好弹头——好弹头私底下要卖一二角钱。

时运来了,那一年我们搬家住到木行路,比我大二岁的邻居陈正平正是制作"线团炸弹"的好手,他的爸爸是中医师,妈妈是小学教师,他的理想是要当一名搞发明创造的"木匠师傅"。

我的童年是游戏

我们很快就成了好朋友，自然我很快就有了一个正平为我精心制造的"线团炸弹"，那年春节，我甭提玩得有多高兴了。正平以后真的成了远近闻名的巧木匠。70年代中期，他知道我要成家，还特意为我手工做了几件家具，其中五斗柜的四只脚是精工雕琢的"调羹脚"，这种手艺现在已经失传了。

我不知道"线团炸弹"是不是那时候我们小镇上少年们的发明？如今这一在我儿童时代眼里的伟大发明早已失传了，更谈不上申请专利。因而我的这篇记载，有可能是世界上唯一描写"线团炸弹"游戏的文字。

小学五六年级时，同学们之间忽然流行起另一种新的游戏，这是具有"比赛"意味的玩法：

扔铁片。这游戏的时兴有点偶然。那些年,家乡曹娥江经常"涨大水",有一年江堤决口,全镇被淹,洪水将镇上酿造厂堆积如山的酒瓮菜坛冲了个稀巴烂。酿造厂就在我们小学校附近的谢峚,酿制绍兴黄酒、酱油、豆腐乳以及酱黄瓜等酱菜,在绍兴地区也很有名气。

洪水过后,酿造厂原本的酒坛堆场变成了响彻"叮叮当当"补坛声的工厂,厂里请了许多从东关(科学家竺可桢故乡)、谢塘(电影导演谢晋故乡)来的补坛师傅,我们放了学就去那里看热闹。只见师傅们先在破坛上用铁钻小心地凿上洞眼,再用扁平的长条铁钉连接破坛,这么叮叮当当一敲打,敷上涂料,破酒坛就修好了。我们经常去玩,就与师傅们混熟了,有时师傅就把补坛废弃的铁钉、铁片

我的童年是游戏

丢给我们玩。

我们最初也想学修坛补甏,但不太现实,口袋里装的铁片多了,干吗用呢?忽然有人想到了比赛。于是三五人围在一起,在水泥地面画一框框,往框内扔铁片,看谁把"庄家"放下的铁片一点点甩出框框,这铁片就归他。

扔铁片显然不过瘾,于是凡是金属块片都被大家拿来玩。班上有个高个子留级生,叫张伯明,有一天他居然拿来了铜片,这可把大家比兴奋了,铜片多贵呀,镇上的采购商店标价一斤可卖好几元呢。张伯明不但有铜片,还有亮晶晶的螺丝帽、铁块,甚至有小半截钢管,他从哪弄来这么多值钱的东西呢?经过侦察,我们终于掌握了机密:原来镇机械厂常在他家附近的河坎边倾倒车间金

属垃圾，那里面准能刨出宝贝来。于是大家都去刨废铜烂铁，卖给采购商店，扔铁片的游戏反而兴趣淡了。

读小学四五年级时，校园里又时兴起了"滚铁环"的游戏，主要是五六年级的大同学在那里玩，手执铁钩，套住圆圆的铁环，铁环在前面滚，人紧跟在后面，铁环越滚越快，人也跑得越欢。

我的童年是游戏

但不知什么原因，这个游戏在我们班里几乎无人参与，可能是做铁环的粗钢筋找不到，或买不到。

　　班上有几位男同学热衷起了另一种游戏：打弹弓。先是打麻雀，比眼力，看谁能开弓打中停在屋檐或树上的麻雀。但玩着玩着，却闯祸了，竟然用弹弓去打街上的路灯，被人逮住，告到校长那里。我也曾玩过弹弓，是用树枝做成"Y"形的那一种。但做一把好弹弓，一要用上好的粗铅丝钳制，二要有拉力适度的皮筋，三要有真皮或人造革做的垫皮，我终因找不到这些材料而放弃了。

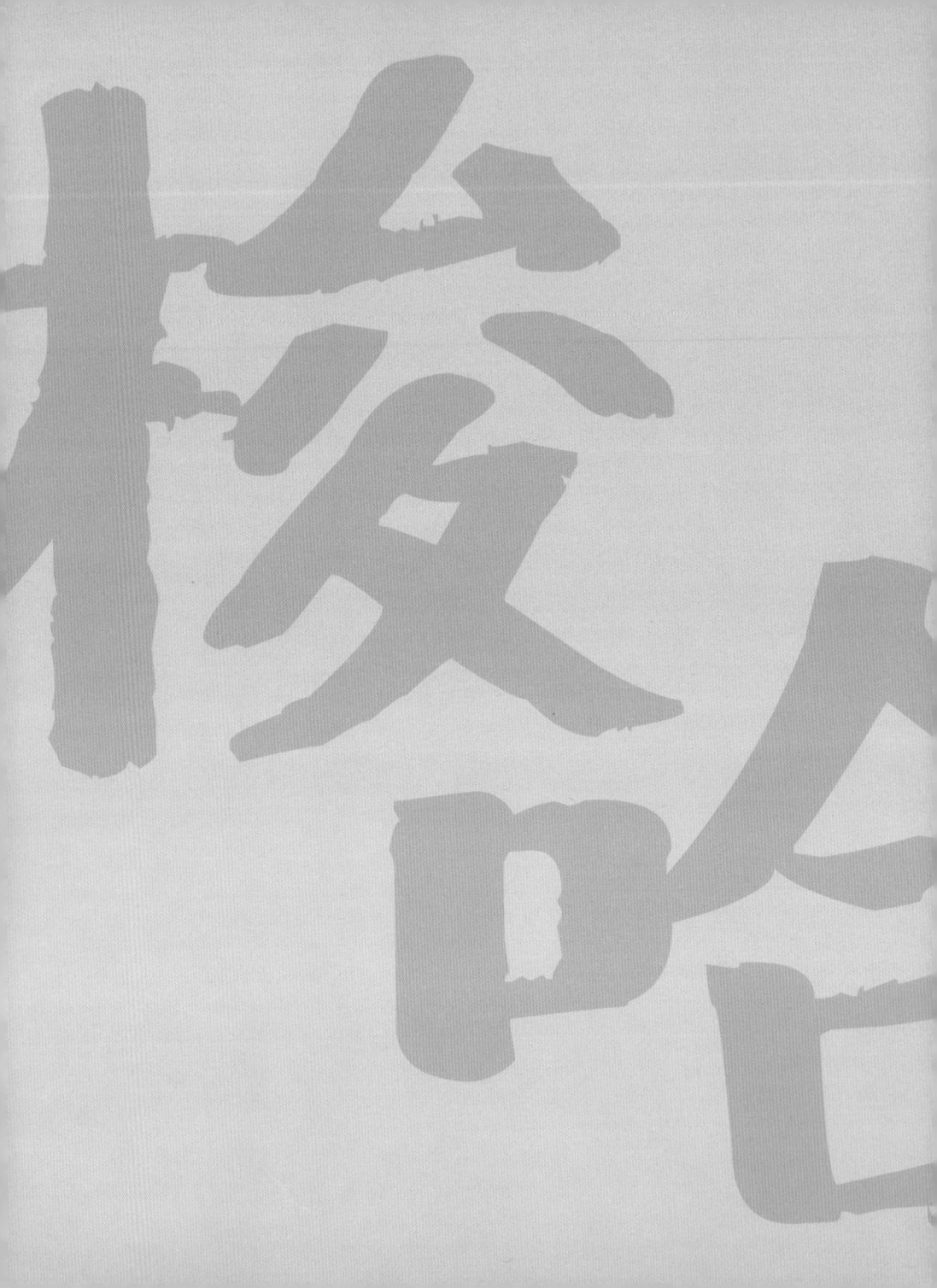

九、玩梭哈:一夜长大

我的童年是游戏

大概从小学五六年级起，到初一，当时镇上青少年最流行游戏有两种：一是"钉角子"，二是"玩梭哈"。

角子就是硬币（钢镚），有一分、二分、五分，前二种太小，不好钉，所以都是用五分的硬币。"钉角子"之所以流行，与当时银行开始发行硬币，用以取代从前的一分、二分、五分纸币有关。因硬币刚流行，既时尚又好看，于是把它盯上了。

玩法是，选一处开阔地，用墙壁、石廊柱、台门作为角子的起弹点，每人轮流将角子用力往上面掷，这时就会产生反弹力，将角子反弹到远处，以角子落地的远近为标准，最远者为胜，他就取得到"吃角子"的权利。"吃角子"有点像上文的"吃纸箭"，胜者将角子丢到最近的角子，一个一个吃掉，

吃掉的角子就归他了。

　　我曾玩过一阵钉角子，但时间不长就不玩了。原因：一则因口袋里的角子不多，玩不起；再则钉角子几乎都在有人经过的地方，容易被大人发现，或被同学告到老师那里，有风险。可见这游戏从来就是一件见不得人的事，只能在暗地进行。但游戏又实在太刺激太诱人，正在成长中的男孩，如果没有强大的自律与毅力，很容易落入陷阱。我当时就因经不住诱惑，一度迷上了梭哈。

　　玩梭哈就是玩扑克牌，经常在一起玩的有张宝均表兄妹俩、阿南、张正芬，还有下沙弄一些其他同龄人。玩梭哈都在台门屋子里，我们去得最多的地方是宝均兄妹家里，他们的祖母很慈祥，不来管小伙伴在玩什么。我们最常用的玩法是"梭哈"：

同花、顺子、JQKA。输赢的钱有二分、五分,过年时玩兴最浓,输赢的钱涨到一角、二角。

大概是读小学六年级时放寒假,我与阿南、张宝均几个同伙有好几个下午几乎天天都聚在宝均家

里打牌。我的手气不错，有一天天快黑时，我赢了三元多钱，而输得最惨的是阿南，他将他老父提前预支给他的三元多压岁钱全都输光了。大人已在弄堂喊："吃夜饭哉！奈格还勿回来？"

快散场时，我看到阿南失魂落魄的样子，很可怜他，就把我赢的钱还给了阿南，我担心他回去后被老父与后娘发现，挨打。阿南很奇怪地望着我，问："侬勿要？"我点点头。于是他一把抓住钱放进了口袋。

第二天下午，我们继续在宝均家里玩梭哈，没料到这一天我变了手气，大输，而阿南却大赢，我也把大人给我的三元多压岁钱输光了。天快黑了，大家站起来准备散场，我等着阿南将我输的钱还给我，于是满怀希望地望着他。

没料到阿南拍拍屁股就想走，没有要还钱的意思。我急了，问阿南："我昨天把钱还你了，你今天也要把钱还我。"阿南很奇怪地望着我，半讽刺半凶巴巴地说："输了的钱怎么要还你？这是我赢的钱，归我所有。"说完他真的就走了，赢得割稻头（浙江绍兴方言：表示有收获），很得意的一副胜利者的姿态。

那一天，我好伤心，好害怕。怕的是被大人发现输掉了压岁钱，被班主任老师知道还要"吃马肉"（挨批评）；伤心的是，我把赢来的钱还给了人家，可人家却不还给我，我担心人家挨大人骂，人家怎么也不想想我呢？怎么可以这样不讲良心？好几个晚上我都睡不好觉，担心、害怕、悔恨、怨天尤人，什么都有。最后我终于想通了：从此以后再也不博

了，再也不与阿南他们玩梭哈了。

说到做到。真的，从那天以后，我再也没有玩过扑克，没有参加过任何形式的这样的游戏，一直到今天。

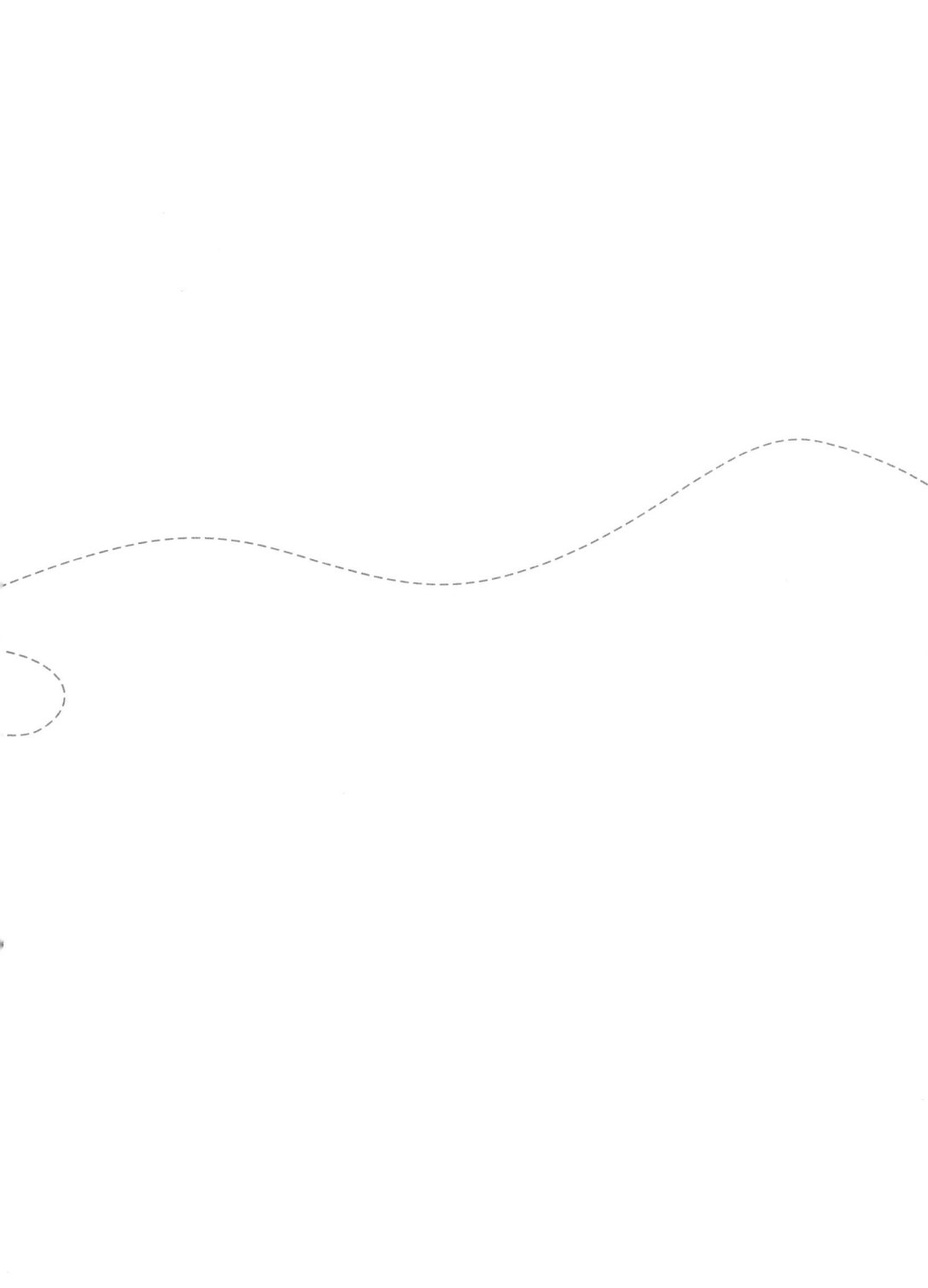

图书在版编目（CIP）数据

我的童年是游戏 / 王泉根著. — 长沙：湖南少年儿童出版社，2024.1
ISBN 978-7-5562-7372-0

Ⅰ.①我… Ⅱ.①王… Ⅲ.①散文集—中国—当代
Ⅳ.①I267

中国国家版本馆CIP数据核字(2023)第254669号

我的童年是游戏
WO DE TONGNIAN SHI YOUXI

策划编辑：杨　巧	插图绘制：梦　丹
责任编辑：杨　巧	整体设计：陈　筠
质量总监：阳　梅	内文排版：嘉伟文化

出 版 人：刘星保
出版发行：湖南少年儿童出版社
地　　址：湖南省长沙市晚报大道89号
邮　　编：410016
电　　话：0731-82196320

经　　销：新华书店
常年法律顾问：湖南崇民律师事务所　柳成柱律师
印　　刷：长沙新湘诚印刷有限公司
开　　本：880 mm × 1230 mm　　1/32
印　　张：4
版　　次：2024年1月第1版　　印　　次：2024年1月第1次印刷
书　　号：ISBN 978-7-5562-7372-0
定　　价：30.00元

版权所有　侵权必究
质量服务承诺：若发现缺页、错页、倒装等印装质量问题，可直接向本社调换。
电话：0731-82196345